2023年嘉善文化精品重点扶持项目

风有着草木的形状

Wind in the Shape of Vegetation

张敏华 著

人民文学出版社

图书在版编目（CIP）数据

风有着草木的形状 / 张敏华著 . -- 北京 : 人民文学出版社，2025. -- ISBN 978-7-02-019063-8

Ⅰ . I227

中国国家版本馆 CIP 数据核字第 2024T4E659 号

责任编辑　朱卫净　郭良忠
封面设计　马海云

出版发行　人民文学出版社
社　　址　北京市朝内大街 166 号
邮政编码　100705

印　　制　苏州市越洋印刷有限公司
经　　销　全国新华书店等

字　　数　65 千字
开　　本　889 毫米 ×1194 毫米　1/32
印　　张　9.125
版　　次　2025 年 1 月北京第 1 版
印　　次　2025 年 1 月第 1 次印刷

书　　号　978-7-02-019063-8
定　　价　68.00 元

Zhang Minhua

1963—

张敏华

诗人，浙江嘉兴南湖区人，祖籍浙江桐乡。1985年毕业于浙江海洋大学。中国作家协会会员。迄今在《人民文学》《诗刊》《十月》《北京文学》《上海文学》《作家》《山花》《天涯》《万松浦》《星星》《草堂》《汉诗》等百余家刊物上发表诗歌。著有诗集《最后的禅意》《反刍》《沉香荡》《风也会融化》《风沙哑地抱着苇草》《风遗落的谦卑》，散文诗集《风从身后抱住我》。现居浙江嘉善。

序

形成沉默

傅元峰

好的诗人，几乎都是自己母语的人间深藏。

诗的语言来自暗处，混沌一团，与精神无关。克尔凯郭尔谈及希腊文化的秘密时断言："美丽占了优势的时候，它导致一种综合，在这种综合之中，精神是被排除在外的。"他感叹道，精神总有其历史，但希腊之美的真正表达，来自另一种没有历史的整体。

当代诗人太清晰了，藏不住语言。百年来，新诗诗语的难处在于，言说皆在历史化的可能之中。历史主义的口袋里，没有诗语可言。新诗成体的一个世纪，诗人与语言之间缺乏空间互涉，诗人向往时间激流中的清晰、强硬和高贵，为母语留下的暗影少之又少。

张敏华是一位混沌一团的诗人，虽然他用修辞保留对当代读者的善意，但他显然不是为"懂"存在的。在"梅园浴室"这样的现实中，"我"与先父混淆不清，生死不隔，承认了感觉与状态的现实抽离，主体面对现实的唯一姿态是敷衍——即使如此，当诗人转向读者，仍愿意唯独保留本体与喻体的界限，以完成这个艰难阅读语境里的导览："感觉天花板像一块白布掉了下来。"(《像

一块白布掉了下来》)

我深知，那种时刻，什么都掉下来，什么都是天花板，什么都是一块白布。修辞在这里既显现为智慧，也显现为道德。因此，我对敏华的善意肃然起敬。善意，在一首诗里，必然是明亮的精神。汉语里的善意，有绵延不断的亮堂堂的历史。

在真相洞察之余，善之余，智识之余和精神之余，如夏可君所言的“余让”丛林里，张敏华尽力走语言那条充满雾霭的羊肠小路，让自己成为情境诗人和状态诗人。

人们习惯于认为庞德提供了拼贴画，但我没有在庞德的诗里看到那么多意象，庞德的诗为不可见性努力，这些可称为情境和状态的事物，以极其有限的具体可感显示为晦暗迷人的语言晚景。张敏华在一首题为《我终于找到自己》的诗里，写到过这种迷失。在哲学上由主体间性述及的主客体混同，那种擦除了物我边界而达到的类本质省察，经过了张敏华的感知，交织为难以言明的情感状态。难以言明，即是新生。张敏华赞美过自己带着不可见光环的朋友(《不可见的光环》)，我将它读取为诗人的自况：

他是新生儿、失踪者，
抑或文字的囚徒。

埋首在文字里，不可见的
光环戴在他的额头。

治感知史，必是一种历史学的自杀。个体感知是以相似性找到普遍界说而认同为共通体成员的，但任何感知史如果是个体感受星子的集合，自寻绝路的历史学家们都会发现，他们最终只是获取了普鲁斯特的那种时间，在感知的整体性面前，历史的绵延消失了。这个诡异的历史谜题也可描述为：个体事件之间的同一性和差异性，构造了一种德勒兹“沉默”：语义在语篇中没有被增殖，反而出现了成片的坏死。在被凿空的语篇里，诗人留下独一性状态的暗影。张敏华诗中的直接引语很多，让人想起福瑟笔下那些呢喃之音。当然，诗人的顿悟有时也会盖过这些无意义的生活，但状态的潮水随后淹没这些岛屿，哲学的声音瞬间喑哑。在一首类比的诗里，诗人显示出某种可称之为“代词的轻率”的玩忽职守，道出了知－觉的分野和时序（《有时她也像我一样》）：

有时她也像我一样
先知而后觉。

张敏华每首诗都有睿智的体悟，但基本居于“觉”的内圈。整本诗集的目录都倾向于以截图的方式指涉状态和情境，与大多数拥有中心词的“主题”诗人不同。“它不可见，却存在”（《长大后，或很多时候》），这种主题很像是舒尔茨的小说主题——一个翕动的墙纸。“凭什么还要相信／光影也会腐烂？”（《光影也会腐烂》），这是诗行反对题目的意义迷局，张敏华屡次完成了这种主题逃逸，守护诗回归情状，形成新的沉默。张敏华的诗里充满了主体的镂空灵魂，在汾湖堤岸上，众生历历在目，风吹脊背。张敏华的心绪属于一种南方的诗学地貌，不是孔武有力的抒情，迟疑，凝滞，自失，浮荡在无名的意绪。这使他没有在诗中发出过单一的感喟：他是安然的，但又处于无常的生命险情之中；他找到自己，但又于此时不属于自己；他抛出，却牵挂。

张敏华两行一节的诗语行进，匹配这种悖谬的交错感，形成深切的细节步进，同时也有急遽的自我取消。《其实椅子不会空着》中包含这种结构化的戏剧性：

一把椅子放在那里，
"一把空椅子。"

"那里"是书房，阳台，
甚至是病房……

即使从椅子上起来，
但气场还留在椅子上。

其实椅子不会空着——
时间一直坐着。

坐在椅子上做梦，
梦见椅子被搬走。

诗人挪移维度（或场域），保持对语言的持续旁观，在知的维度形成的层次，在觉的层面变得扁平；在物的层面建设的层次，在词的层面被收容。两行诗奇特的语言效能的反卷和消耗，最后依然是回到状态。状态在意义之后悄然现身，意义的火焰熄灭，沉默登场，将言语的势能转化为感知空间的模糊指涉。

诗人对方寸之地的光顾方式依此节律产生风感。这种风行尘寰的断念，产生新的黏着力，携带重生的深情。这种情感是美好和陌生的，在内敛的情势中有丰饶的积蕴。风对万物的摇晃都伴随自我的一次塑形，产生新的认知和感受关系。

这些感受是均质的吗？张敏华所感受和言说的“安然”，是寻常的江南地貌，还是个体的瞬时性的震惊？也许正是携带这些问题的思考，诗人努力远离慵懒的趣味诗窠臼，为每一首诗催生它的抒情主体，又将其掩藏在自我取消后降临的新姿态中。在抒情主体的生与死之间，存留一个失主体的危险期，在这种危机里，天地重新鸿蒙未开，张敏华诗中的“沉默”获取了它的宝贵形体。

因为这些私藏的感知史没有副本，张敏华的诗难以真正朗朗上口。潜藏主体蜕变的诗人诗作，比如斯特兰德的诗，很难顺嘴读出。人们对于优秀诗人的气息的追随，也因此是一种灵魂嗅探。愿跟随张敏华的读者们，领悟他诗中无所不在的禅机，也走进他每首诗新生的晦暗和沉默。

2024 年 10 月 29 日　上海

（作者系南京大学文学院教授，诗人、评论家）

目　录

contents

辑一　人间还爱着我

辑二 风在树枝上生长

辑三　终于轮到我关心这个世界

辑四　我不在乎，你也不该在乎

辑五　仿佛这就是“一切”

辑六　像那些牛羊活过草木

辑七 没有干燥的地方

辑八　隐忍负重的往生

辑一　人间还爱着我

自然这么大，我们……

牛羊，猪狗，鸡鸭……
它们来到人间，和我们一样。

它们会在哪里消失？它们
只是在我们眼中消失。

离不开火，不愿长久地留意轻烟，
离不开土，没入草丛。

它们变成牛羊，猪狗，鸡鸭……
我们变成它们。

自然这么大，我们
还是遇见它们，朝夕相处。

2021.5.12

没有更好的理由

自然界，万物都有自身的价值，
像人类，任何一个人。

你我他，它，他们，
都活在各自未知的世界里。

水里的，陆上的，天空，
三点呈一道闪光。

有明天，才有今天，昨天——
永远是那一天。

那一天，活着，或死去，
没有更好的理由。

2021.5.14

相信灾难始终存在

昨晚发生在江浙的龙卷风，
掀起它巨大的黑裙。

电闪雷鸣，暴雨，风力达十七级，
飞来的横祸，都是无辜的。

袭击，撕咬，伤亡，
一群草狗在废墟上出没。

一种惊恐，说来就来，
说走就走。

是祈望避免一场灾难，还是
相信灾难始终存在？

2021.5.16

风有着草木的形状

我们都是空气之躯，都是
空气的一部分。

“空气流动就形成风。”
我们都是风的孩子。

我们像草木，生死在风里，
风有着草木的形状。

风这么大，吹得那么远，
我们迎着风，像迎着蛛网。

风里藏着爱，也藏着恨——
和我们一样。

2021.5.16

希望鸟儿一度活过我

每天午后我在窗台上放一些
米粒，让鸟儿来吃。

每天早晨鸟儿在窗外的
香樟树上叽叽喳喳。

如果有一天午后，窗台上
找不到米粒。

如果有一天早晨，听不到
窗外叽叽喳喳的鸟声。

希望鸟儿一度活过我——
对它们我仍有不甘。

2021.5.17

风，飞走的白头鹎

太阳还没出来，我已
离开了黑夜。

透过时间的木窗，
玻璃上凝结的光。

天使，我脸上的欣慰，
风，飞走的白头鹎。

月季，蔷薇，三角梅……
满怀花朵和感恩。

看，抚摸，说话，
亿万年的石头在我手里。

2021.5.18

破损的贝壳泛着光

沙滩上，一粒沙微不足道，
我也微不足道。

海鸟若隐若现，
我知道自己在想什么。

破损的贝壳泛着光，
潮水瞬间又将它们吞没。

招潮蟹把我当敌人，
我把它们当朋友。

我找不到隐身之处，
我没有撒谎。

2021.5.19

此刻，我的手是精神的

地衣，我在河边的竹林里
发现它们，暗绿的。

我捡起，又放下，
此刻，我的手是精神的。

没发现它们之前，它们就在
那里安静地附着泥土。

我想把它们放到盛满水的
杯子里，透过玻璃看。

或许有些事物也会像它们一样
降临，我们都在其中。

2021.5.20

它们像一个个词

一场雨，让一些草活了过来，
让另一些草活得更好。

活得更好，比如牛羊有了
草吃，我们有牛羊吃。

不只是牛羊，它们还把
生命馈赠给我们。

它们像一个个词，我们
来到山上，找出每个词的意义。

我们回到海边，在潮声中
喊出每个词的声音。

2021.5.20

衣衫上落满鸟鸣

经过麦茬地，发现麦田里
又长出稀零的麦苗。

惊讶之际，我抬头看天，
空旷，一览无余——

稻草人还在，它褴褛的
衣衫上，落满鸟鸣。

我所知道的，到了六月，
麦茬地被犁耙翻耕。

播上秧苗，一波波的风
吹着大地的秀发。

2021.5.21

一群狗跟在我身后

长兴水口乡川步村竹里馆，
老人和我晒太阳。

抬头能看见青山，
触手能摸到树叶。

溪水中有鱼，林子里有鸟，
一群狗跟在我身后。

笋干烧肉，土鸡炖汤，
山泉水泡白茶。

无论在这里待上多少天，
我都能平安地回家。

2021.5.23

不要以为我害怕

下雨了，天上的血月亮
我看不到。

但它在天上，忧伤的雨水
落在草木上。

像血贝黏着它，流尽
最后一滴血。

不要以为我不害怕——
不要以为我害怕。

现在我变得不善良，
也不邪恶。

2021.5.27

雪，乌鸦

漫天飞舞的一场雪，
世界变白了。

乌鸦也飞走了，世界变得
更白。

雪，乌鸦，仿佛有
很深的默契。

雪会融化，乌鸦也会
飞回来——

白纸上的黑字，忽明
忽暗。

2021.5.29

日月如此浑然

来到海边，礁石上的招潮蟹，
海蟑螂，顷刻间消失了。

很难相信它们变得如此惊恐，
“但这不是我的错。”

竹竿上晒着漏洞百出的渔网，
滩涂上倒插碎酒瓶。

有时我沉浸在忧伤中，转身
将大海抛在礁石上。

——涨潮，退潮，涨潮……
日月如此地浑然。

2021.5.31

世界是饥饿创造的

我自言自语，没有人
和我在一起。

“世界是饥饿创造的。”我边说
边剥着指甲。

时间陪着我走了五十七年，
夜终于缓过神来——

近的，想一想蚂蚁，
远的，想一想离开的亲人。

想一想未知世界，我的
双手，攀缘夜幕。

2021.6.1

人间还爱着我

黄昏，雨越下越大，
“天黑得快。”夜迫不及待。

风雨声让我变得安宁，
我转身回到书房。

人间还爱着我呀，我身上
沾满书香。

喝完一杯碧螺春茶，
五月的门轻轻地为我关上。

“六一”国际儿童节，我
是我自己的礼物。

2021.6.1

虚无被万物夹在风里

迅疾的风夹着雨雪，
虚无被万物夹在风里。

风里，有我的眼睛，
有我的仁慈。

风穿过它编织的网，
一个爱我的人，消失了。

但我不相信，随着一阵风
我爱的人会消失。

怀着那份可感知的爱——
风，却对我一无所知。

2021.6.4

鸡没有我那么多的焦虑

早晨途经竹林，我看见一群鸡，
它们漫不经心地觅食。

公鸡，红红的鸡冠，
母鸡，浅黄的身姿。

鸡栏被铁丝网围着，
鸡没有我那么多的焦虑。

一只只鸡，时光在其中消逝，
一阵风，竹叶簌簌响。

原谅我此刻又想起一群鸡，
这么多生命，这么多的命运。

2021.6.7

日月被我照亮

一盏灯，钨丝断了，
但在我眼里，它仍然是一盏灯。

白天，灯发出日光，
夜晚，灯发出月光。

凝视这盏灯，渐渐地
我也变成一盏灯。

我有血的电流，有
光的自信。

日月被我照亮，
风在灯的耳旁，沙沙作响。

2021.6.21

怕，或害怕

远远地看一条河流，我怕
被水淹没。

远远地看一群人，我害怕
被红布感染。

——怕，或害怕，突然
就到了我眼前。

但我还能看见光，
像一只飞蛾，按捺不住——

默默奔向河流，奔向人群，
“奔向人间的低处。”[1]

2021.6.28

① 王小妮诗句。

他向光奔去

曾经迷过路，他越走越快，
越跑越胆怯。

途中，他发现天上掉下来
一块陨石，闪着光。

有时，他像一束光，
有时，他向光奔去——

他的眼睛被灼伤，
手被烫伤。

现在的他不需要翅膀，就能
飞起来，像光一样。

2021.6.28

红黄蓝，到处是流光

这么多的人在挥动旗帜，
那么多的人在歌唱。

世界被他们的节奏，
节奏带动。

他们天生，天生
就不是单独的一个人。

红黄蓝，到处是流光，
这一刻，跟着他们一起亮——

那是谁的声音，从天空
轰隆隆地响起？

2021.7.1

世界的一部分变得明亮

新的一天被几种声音唤醒，
鸟声，雨声，或亲人的说话声。

这些年来，我一直这样活着，
“我太爱这个世界。”

有时，开窗见山，
山的另一面藏在心里。

有时疾病和危险，在不知
不觉中离开我——

我脸上有闪光，会让
世界的一部分变得明亮。

2021.7.3

我想做太湖里的鱼虾

七月的梅雨下在太湖里，
雨声落在苇草上。

湖水上涨，
我脱掉被雨淋湿的外套。

空气中弥漫着水蜜桃
腐烂的甜味。

将脚探入湖水，
我想做太湖里的鱼虾。

湖中有一座小岛，
我为它祈祷。

2021.7.3

我身上有很多种怕

醒来，看见风扇还在转，
夜晚我没有出汗。

忘记关掉风扇，
我时而怕热，时而怕冷。

人过五十，我怕忘记，
怕，忘记。

忘记，会给我带来快乐，
怕，会保护我。

身上有很多种怕，我并没有
忘记，只是不愿说出。

2021.7.5

她满脑子的钢钉

我跟她说，今日出梅。
但晚上仍然电闪雷鸣、狂风暴雨。

身上汗水淋漓，墙壁也冒汗，
我和她，什么也不想说。

狭小的书房，霉气弥漫，
她和我，在各自的一本书上犹豫。

她怀疑两年前安装在腰椎上的
三颗钢钉会脱落。

她满脑子的钢钉、钢钉、钢钉——
“世界突然变硬了。”

2021.7.6

西瓜皮是红色的

六岁的外孙女学画画，
太阳是绿色的，向日葵是红色的。

红色的向日葵，向着
绿色的太阳微笑。

想起二十五年前，六岁的
女儿，也学画画——

西瓜瓤是绿色的，西瓜皮
是红色的。

七月的日子是红色的，
七月的孩子，是绿色的。

2021.7.8

看，是最大的自由

暴雨之后，天空蓝得高远，
瞭望，心生善良。

风透过纱窗，凉爽得
像看见少女。

窗台上的海棠、月季长得自然，
“看，是最大的自由。”

手拿水蜜桃的外孙女
敲门进来——

“爱不只是自我。”
——她们给我安慰。

2021.7.9

听不见乌鸦的叫声

在亚丁，看见成群的乌鸦
我就兴奋。

栈道上，风好大，后来
又下起了暴雪。

天空这么沉，这么满，
雪山那么高远。

我说，无辜的是乌鸦——
听不见它们的叫声。

乌鸦早习惯了沉默，
但我没有。

2021.7.14

光是你的外衣

你的身体是一座海，
在涨潮。

眼泪透出光，而光是
你的外衣。

像盐那么亮，
一粒盐，藏着无数个你。

把你放在浪的高度，或
月亮的高度。

潮水，还在涨——
等于苦难。

2021.7.14

辑二　风在树枝上生长

蚂蚁为自己忙

忙得像蚂蚁，我比
蚂蚁还忙。

蚂蚁为自己忙得自在，
我身心疲惫。

开车，或忙着赶路，
坐在电脑前，像一把椅子。

和我一样，我的前后
左右，都是病人。

但在医院，我查不出
自己的病因。

2021.7.15

我会认出他们的手

坐地铁去机场，
我不跟陌生人说话。

担心地铁会突然停下，
有意外发生。

想起造机车、挖隧道的人，
我会认出他们的手。

看那灯光，二十四小时
都像是夜晚——

一个爱我的人，在地铁口
等我，我却找不到她。

2021.7.16

羸弱的光再也飞不起来

看见萤火虫了，黑夜再也
无法藏身。

忽明忽暗的光，感觉
夜晚围捕过来。

萤火虫，被一顶顶白色
透明的纱帐罩着。

想起带翅膀的童年，
羸弱的光再也飞不起来——

焦煳状的月亮，隐约
挂在天空。

2021.7.19

像遗忘中的遗忘

唤醒我的，是饥饿，
拒绝我的，是欲望。

有时我像一只负重的猴子，
被人用铁链牵着。

常常被缺席，这是叛逆
造就的，是真的。

我想放逐自己，在镜子里消失，
像遗忘中的遗忘。

活在记忆里，死在记忆里，
——从告别开始。

2021.7.20

你和我同时伸出手

我说你像个病人，你真的
就是病人了。

我说空气中有第三只手
抓住你，你就在梦里举起双手。

我说你不能再做梦了，你就
望着天花板发呆。

我说你的预感出了错，
令人生疑的钟表挂在墙上。

我说你呀，镜子里的你
和我同时伸出手。

2021.7.27

好日子都藏在花蕾里

花十元钱买一盆长寿花，
花开得像夏季。

这么多的花蕾，
好日子都藏在花蕾里。

许多不相干的事物
聚在花的周围。

像许多年前想见的人
突然来到眼前。

灵魂去了哪里，
花香呀，就飘到哪里——

2021.7.31

果子落在老奶奶身上

父亲姓氏胡，女儿生如夏花，
想取单名就叫“胡夏”。

如果觉得这名字孤单，
就种上树，取名“胡夏林”。

一年又一年，树长大成林，
招来飞禽走兽。

小蜜蜂在女孩的花裙上采蜜，
果子落在老奶奶身上。

树影婆娑冬日阳光——
“胡夏林”，哥哥胡冬林喊她。

2021.8.4

水葫芦在湖上疯长

云湖公园的绿道曾被洪水淹没，
水退尽后留下一层淤泥。

水葫芦在湖上疯长——
这是四十年前我认识的水植物。

“为什么会发生这么多不幸的事？”
我漫无目的地穿过芦苇荡。

立秋日，谁意外地看到
一个中年男人

站在湖边，向着灰蒙蒙的
天空，举起了右手？

2021.8.7

我们也变得仁慈

他来到我们中间，但我们
看不见他。

灰蒙蒙的天空下起了雪，
他有了伸手的欲望。

和他在一起，我们
也变得仁慈。

跟他说“告别”，
他跟我们说“再见”。

对他的身世，我们是否该
守口如瓶？

2021.8.10

有时我也像苹果那样

苹果烂了，
满屋子都是苹果味。

还有小飞虫，黑色的小飞虫
不是一只，是一群。

我想忘掉这只烂苹果，
但我很难做到。

有时我也渴望像苹果那样
被烂掉——

和苹果一起烂掉，不只是
一种错觉。

2021.8.12

活着，就是活着

一只年迈的金毛狗跑下楼梯，
它呀，太不讲究隐讳。

风在树枝上唱着挽歌，
那蝉声，悲凉。

一只手从肩膀上移开，
——躲闪，掩饰，眨着眼。

胆怯了，仍然接受，俯身于
一个个木偶，皮影。

“活着，就是活着。”
被时间逮住，如何救赎？

2021.8.17

如同献祭，和谁告别

像我花白的头发，凌乱，
欲望卡住咽喉。

离开自己，像折断的
树枝，抛入火中。

那是我想去的地方，赶在
月落之前。

蜡烛，苹果，香蕉，黄酒，
如同献祭，和谁告别？

——关上窗吧，窗外
闪着磷光。

2021.8.23

我们都病了

“我病了。”
“我们都病了。”

“被注入针剂。”
消炎，清热，解毒，止痛。

无影灯下，我们
假装安睡。

“曾经多么害怕。”
我们习惯在“无常”中醒来。

“没心没肺地活着。”
说给谁听呢?

2021.8.26

仿佛梦想被找到

难以相信，草丛里会爬出
黑压压的毛毛虫。

秋阳烤着水泥路，
毛毛虫仍在水泥路上爬。

爬着爬着，就趴着不动了，
仿佛梦想被找到。

夜晚，月光下的水泥路上
全是毛毛虫的尸体。

想起了死去的
亲人，他们就在附近。

2021.8.30

请不要贸然走进动物园

从动物园里脱逃的
三只金钱豹，被抓回来

两只。动物园里来不及出逃的
老虎，被抓走了

三只。脱逃
一百三十天的金钱豹

去哪儿了？空荡荡的，三只
空荡荡的

虎穴，一片狼藉——
请不要贸然走进动物园。

2021.9.2

什么也没有发生

燕子在云上飞，
隐秘而低沉。

烟被点燃，报纸燃烧，
一无所惧。

鼻炎，鼻孔之痒——
“剥，剥夺的剥。”

被删除，终结，或遗忘，
什么也没有发生。

已是二十一世纪，
不敢活得真实。

2021.9.6

树叶，沙沙作响

秋天的蚂蚱，落入
消退的剧场。

溪中的水蜘蛛，
迅捷，无声地逃遁。

不确定的征兆，一张苍白
而呆滞的面影。

西天目山雨林里的
残骸，带来

窒息般的腐烂，树叶
沙沙作响——

2021.9.7

她只留下他的存在

遇见她，他像风一样
围着她，依恋她。

她光着脚在溪水里捡卵石，
他的目光被她照亮。

卵石，这是证明她还活着，
或将来他死亡的物件——

天边的虚无笼罩着他，
她不会带走他。

——他是谁，她曾经是谁，
他只留下她的卵石。

2021.9.7

风在树枝上生长

在场，夜晚的陪伴者，
活生生的寒冷。

突然消失的身影，
那焦虑，仿佛遗落的星光。

风在树枝上生长——
“听命于风。”

都在远离，欲望、记忆……
渐渐熄灭的篝火。

这无尽的时光，在认知的，
胆怯的命数里。

2021.12.20

灵魂在月光里安生

夜晚，藤椅上的老人。
天生的月光。

半闭着双眼，低声说话。
草木丛生。

“看，看着我。”面影恍惚。
弥散，一阵风吹来。

“在，在远方。”还想低声说话。
灵魂在月光里安生。

到了那一天，或这一天，
睁开眼，天亮了。

2021.12.30

一个什么样的女人

她的脸上涂敷胭脂，
被红润暖和。

她的腿是小桃树，
眼睛是蚕豆花。

孩子已长高，
幸福是她的庭院。

偶尔她望着水中的菖蒲，
猜想自己的暮年。

她是一个什么样的女人，
右手托着下巴。

2022.3.3

早开的郁金香

天空边际，
远方尽头。

战机来了，
导弹落下来。

早开的郁金香，
早开早谢。

教堂的橄榄枝，
落在废墟上。

阿司匹林，
一片，两片，三片……

2022.3.14

祈求者的手

你坐在你身边，你的手
松开了你的手。

夜是你迷醉的躯壳，蜗牛
能找到你的行踪。

抓住，或逃脱，
这是你，但又能怎样？

是的，无论
你是谁，你是谁，你是谁——

祈求者的手，是
冰冷的。

2022.3.25

世界混沌着亮起来

离开这座城市的时候，
我的身份变黄了。

听完崔健的《一块红布》，
我的身份又变红了。

仿佛世界由三原色组成，
现在只剩下绿色——

草木植入我的肉体，
太阳说它看见我身上的绿。

——世界混沌着亮起来，
“谁也无法藏身。”

2022.4.29

辑三　终于轮到我关心这个世界

五月三日是什么日子

窗台上的百合、月季、铜钱草，
带给我好心情。

好心情就是心离窗台
更近了些——

红，粉红，黄，橘黄
很多时候心情会变成这些颜色。

唯独没变成铜钱草那样的绿，
那种湿润的生活。

五月三日是什么日子？
天空下起了小雨。

2022.5.3

别阻止我的沮丧

黄昏，在小区的绿道上散步，
几只喜鹊从身边飞过。

在我迟疑的时候，
它们却飞得那么自在。

许多小飞虫撞在我脸上，
日子又烦又恼。

能责怪远处的落日吗?
别阻止我的沮丧。

喜鹊说我的脸色不好，
我说喜鹊托住了黑夜的沉重。

2022.5.4

忘记自己的童年

靠在床头看书，却在不知
不觉中又睡去了。

梦见手上沾满了桑葚汁，
床单和书上也都是。

我想忘掉黎明村的桑地，
忘记自己的童年。

趁自己还没有思想的时候，
我放下书走到窗外。

若干年后想起今天经历的事，
我会不会感到欣慰？

2022.5.5

背上又暖又痒

一个人坐在露台的板凳上，
撩起上衣背对太阳。

背上又暖又痒，我把自己
晒成阳气回升的人。

晒背的感觉是什么感觉，
我摘下眼镜摸着胸前的汗水。

想起四十年前我裸着上身，
背对天空帮父亲插秧。

抓挠背上的阳光，
我弯腰瞧着立夏的太阳。

2022.5.5

我说的是如果

苹果，香蕉，梨，柑橘，甜橙，
这么多的水果来到我家。

如果我是一棵长满水果的
树，那该多好。

我说的是如果，如果——
它们不远千里来这里和我相聚。

黯淡的日子里，是它们
搀扶起我的生活。

我削水果，眯一下眼，
把水果刀扔到窗外的河里。

2022.5.7

什么也不要留下

“他去哪里了？”我不知道
他还能去哪儿？

每天清晨，我下楼，
他上楼，我们都不愿做一个落伍者。

我什么都不知道，而太多的
不幸，他都知道。

时间会把他
变成我，我变成他。

请带走他，也带走我——
什么也不要留下。

2022.5.9

终于轮到我关心这个世界

好日子像身后的行道树
离我越来越远。

很多天没下雨，满地是杜英的
红叶，麻雀扑棱翅膀。

空荡荡，空空荡荡的街道上，
仿佛麻雀也是多余的。

谁也不看我一眼，
终于轮到我关心这个世界。

一部宽银幕电影正在上映，
我们不是称职的演员。

2022.5.9

怀疑这世界只剩下了风

风，冷飕飕的，
怀疑这世界只剩下了风。

草木生风，谁在风里
独自走了这么久？

灰蒙蒙的天空，太阳像短路的
灯，风守着它的秘密。

天暗下来，其实是风暗下来，
风，总让人担忧。

初夏的杭嘉湖平原，风一天
比一天热。

2022.5.11

也是我命运的一部分

在我的诗里，麻雀和蜗牛
越来越多。

我楼顶的菜园里，
麻雀向上飞，蜗牛往下爬。

在菜园某个隐秘的角落，
麻雀和蜗牛谈着什么。

谁是麻雀？谁是蜗牛？
它们不只是

我诗的一部分，也是我
命运的一部分。

2022.5.11

但肯定不只是哀伤

窗外是滴答滴答的雨声，
还有喧哗的鸟鸣。

雨中的草木，逗号，顿号、感叹号！
句号。连成省略号……

蚂蚁去哪儿了？蜂蝶又去哪儿了？
一把破雨伞被弃在树下。

在家待久了，心情不会好受，
但肯定不只是哀伤。

听见的脚步声由远而近，
听见了说话声，伴随着咳嗽。

2022.5.13

她的问候成为我的习惯

六岁的外孙女踩着踏板车
摇晃着向前滑——

我喜欢她挣脱我手的瞬间，
敬佩她的勇气。

一次次放手，一次次她跌倒
爬起，她一点点长大。

每天早晨都能听到她来敲门，
她的问候成为我的习惯。

生命就这样隔代相传，
隔代的小快乐才是天伦之乐。

2022.5.15

和她一起占有“夜晚”

她从我身边走过，现在
却不知去向。

我只能在梦里和她再次相遇，
和她一起占有“夜晚”。

她的锁骨，我的欲望——
身体里的隐秘。

我尾随她身后，但最后
还是退缩了。

我想带走她的黑暗，
但她突然打开灯，把我推开。

2022.5.16

笨拙，胆怯，说给自己呢

起先以为是有人在说话，后来
以为是婴儿的哭声。

再仔细听，是猫凄厉的叫声——
笨拙，胆怯，说给自己呢。

夏夜空茫，许多不为
人知的事，在我身外发生。

晨曦里，光影在梓树上分蘖，
怅然，我抱紧双臂。

——终于又等到了天亮，
鸟兽四散他乡。

2022.5.18

恨自己沉湎在爱里

不是所有的问题都有答案，
远远望去，蔷薇花零星地开着。

河水向南流还是向北流？
恨自己想得太多。

恨自己沉湎在爱里，
被爱呛出眼泪，像一种怀念。

“有多少爱恨可以重来？”
仿佛一生的重负都可以放下。

这世界，担忧多了，
没有什么可怕的。

2022.5.19

一切的过往都藏在风里

两棵树，一棵是你栽的，
另一棵是我植的。

银杏和石榴，它们
相距不远，但也足够遥远。

我们沉默着，是树上的
鸟，替我们说话。

活生生的两棵树，
花朵和果实，让我们安心。

孩子们在树下跳绳，
一切的过往都藏在风里。

2022.5.24

鸟巢也会破壳而出

去莫干山的路上，一座荒废的
寺院，颠簸在丛林间。

“曾经的僧人和香火去哪儿了？”
扑朔的疑问跑进山林。

山涧的溪水让我缓过神来，
草木被风搀扶着醒来。

打开车窗看见树上的鸟巢——
“鸟巢也会破壳而出。”

山风习习，凉爽得令人瑟缩，
我用手捂住自己的嘴。

2022.5.26

烧焦的草木被风献身

草木都着了色，
他说："我是纯粹的。"

但风强迫他活着，他的脸
变形，或苍白。

"怎样的生死赋予了他？"
夕阳从他手上掉落。

烧焦的草木被风献身，
他的牙齿重新找到了石头。

来吧。他的身影在草地上
停歇，月光环行。

2022.5.30

已经过去这么多年

凌晨的那场暴雨说来就来，
我起身关上窗。

习惯了不到天亮就醒来，
天气再热也不开空调。

躺在床上，席梦思早已
失去了弹性——

触手可及的是灯的开关，
降压药，眼药水，驱蚊器。

已经过去这么多年，
我身上的动词变成了名词。

2022.6.4

我撑着天堂伞走在雨中

久违的雷声，天还没有
完全亮，我就醒了。

“外孙女会不会被雷声惊醒？”
不打雷光下雨该多好。

桂树第二次开花，
外孙女没有弟弟和妹妹。

午后，我撑着天堂伞走在雨中——
雨，一会儿大，一会儿小。

从树下捡起几朵湿漉漉的桂花，
我知道它们在等我去安慰。

2022.6.5

他想着和谁告别

结束了一天的劳累，
他去了小酒馆。

盐焗花生米，爆鱼，卤豆腐干，
他独自喝着啤酒。

墙角堆满空酒瓶，
窗台上的铜钱草枯槁。

他醉了脸趴在餐桌上，
迷糊着，想着和谁告别。

出了小酒馆，他又去了江边，
风，吹着他蓬乱的头发。

2022.6.9

她突然感觉两手空空

拖着行李箱，皮鞋声跟着她
走进候机大厅。

自动取票机前提取登机牌，
托运行李，等候安检。

望着候机大厅高大的天窗，
她想起最后一次陪母亲坐飞机的情景。

举手，转身，脱鞋，提脚——
她再次望着候机大厅高大的天窗。

离开安检区，她突然感觉
两手空空，心也空空。

2022.6.9

麻雀又飞过她的头顶

她去了精神病医院，
三年了，她越来越恍惚。

月季花落了一地，池塘里的
睡莲长得繁密。

风吹在她脸上，
她呆滞地看着蛛网上的虫子。

麻雀又飞过她的头顶——
“我什么时候回家？”

芒种那天，她在墙根的草丛里
发现了一只刺猬。

2022.6.9

它们死了才有生命

去乡下，
朋友将一只生蛋鸡杀了。

半只鸡用来炖汤吃，
剩下的半只鸡朋友让我带回家。

将它放进冰箱，这些天
我不敢打开冰箱。

我后悔，后悔去乡下，
怕看见，怕看见这冷藏的半只鸡。

每天早晨我都能听到鸡叫声，
“它们死了才有生命。”

2022.6.14

风在你身上自由来去

看见你了，静静的云湖，
白茫茫的天空。

一棵树紧挨着你生长，
每片树叶都幸运。

细微的水珠在蛛网上闪着光，
风在你身上自由来去。

风吹着你，风唱着树叶，
鸟，一度活过风。

是天空，湖，树，蛛网，风，
是鸟，将你带进现世。

2022.6.16

辑四

我不在乎，你也不该在乎

像他穿了多年的拖鞋

说起婚姻，就想起他和她，
这夏天的热。

还有这冬天的冷，春秋的花月，
都是婚姻的一部分。

把婚姻当成饥饿，他不曾
替她说话。

但她可能的先知
先觉，像他穿了多年的拖鞋。

他贪杯，她也是——
婚姻就是一杯什么样的酒。

2022.6.20

他转身看见自己消失

他坐在椅子上，
他同时坐在两把椅子上。

但没人告诉他，他就在他身边。
“他就是他。”

镜子被他打碎，只剩下
一把椅子。

从椅子上起来，
他转身看见自己消失。

——更多莫名的情愁
留在椅子上。

2022.6.21

白地三影，兼致诗人白地

一声应答，我来到白地三影，
豆大的雨点落在身后。

遇见就是相遇，
但白地说，这是相逢。

石槽里的水扎着铜钱草的绿，
水，是六里河的水。

就一次，曾经的一次——
“还不够你消瘦？”

就这一次，二间旧瓦房，
让你想起了母亲。

2022.6.22

指尖的古琴声是一种抚摸

神性的山水，
我的卑微来自草木和鱼虾。

芦苇，莲，荷，菖蒲，苦草，毛茛，
水蜘蛛也看见我了。

湖边听风，投石问水，
指间流泻的古琴声是一种抚摸。

而在湖的南岸，海不曾离去——
比起海，山更爱我。

我老了，允许我自恋，允许我
度过这些不惊的时光。

2022.6.24

谁把山水和灵魂放在一起

在家待久了，驱车五十里
去南北湖寻访。

就这么一点向往——
看山上草木，见湖上莲荷。

还有湖南岸的千年鱼鳞石塘，
海呀，也忍不住想看。

湖中之鲢也闷得慌，
它们翕动嘴巴探出水面张望。

“浮生只是经过。”
谁把山水和灵魂放在一起？

2022.6.27

青果不会像冰雹那样融化

晨风。虫鸣。
白水塘桥上俯瞰浑浊的河水。

昨晚狂风暴雨夹着十年
未遇的冰雹。

碗口粗的银杏树倒伏在绿道上，
树上的青果像冰雹那么大。

草地上散落着几颗青果，
“但它们不会像冰雹那样融化。”

我想看见的天空，
是一棵银杏树的天空。

2022.7.4

一道光照在他脸上

在白昼，他等待夜晚，
夜晚，他等待白昼。

他的一生就是等待，
在等待中度过他的一生。

“如何遗忘白昼与夜晚？”
一道光照在他脸上——

在他前方，是时间，
后方，是一间没有光的房子。

在一面破碎的镜子里，
光，漏了出来……

2022.7.12

草木是时间的另一种根蒂

南北湖，
鹰窠顶上的佛堂依然虚空。

一无所惧的草木
是时间的另一种根蒂。

仿佛风抓住了双手，
湖水中有小小的，小小的惊恐。

裸露的夏天，草木
如同母亲。

淋着雨，湖水漫涨——
这大自然的墨水。

2022.7.14

自由和我们亲如手足

如果你愿意，我们一起去南北湖
看湖光山色。

“你又能呼吸了。”
像芦苇、鸟、鱼虾一样。

但我愿意，更愿意拿它们的
自由，与你分享。

自由和你，和我，和它们
亲如手足。

爬上鹰窠顶，我们如此
安然，月印日心。

2022.7.16

湖光随苦草漂浮

在南北湖，
有一座湖无法容纳的山。

水鸟在芦苇荡筑巢，
飞进山林。

“湖光随苦草漂浮。”
山色呢，是否要和湖光共乳？

每一次在场，曾经时光的
所在：风声、鸟声、雨声……

被围垦的鱼鳞石塘
已无潮声——

2022.7.19

不在乎天空是什么颜色

慵懒的湖水，
漂浮的，开紫色花的水浮莲。

杭嘉湖平原的知了，
小小的树疤。

真的，梓树，风，石头，蚯蚓，
都长着耳朵，嘴巴。

日月长着眼睛，
它们不在乎天空是什么颜色。

那一幕，何时发生——
“让我的身体成为仲裁。”[1]

2022.7.23

①〔叙利亚〕阿多尼斯诗句。

直到风跟你谈起自由

风，把你带到树林——
你在那等待孩子。

已经很久了，
你预料今夜会下雨。

月亮，你的女友，
你沐浴着她的，她的津液。

你呀，想谁呢?
你把头轻轻靠在树上。

就这样靠着，直到风
跟你谈起信仰，悲悯，博爱。

2022.7.25

是纸替喘气的草木呼吸

一张纸：白，红，黄，蓝，
绿，唯独不见黑。

在纸上，蠢蠢欲动的蚂蚁
变成了干蚂蚁。

是纸替喘气的草木呼吸——
它们忘了自己是纸。

找一张纸，无声地拿在手里，
或将纸撕成碎片。

“活在纸上，死在纸上。”
纸，被火点燃。

2022.8.5

我不在乎，你也不该在乎

风找到激情，草木狂喜，
意志被火焰释放。

欲望逃离了骨头，
我知道该如何去承受。

我们都会成为什么样的人，
我不在乎，你也不该

在乎。我就是你，你就是我——
有时候我们不分彼此。

你，我又一次
在秋天的门槛上找到位置。

2022.8.8

不要以为这是时间的馈赠

你将身份证号码写在纸上，
十八位数字加上“X”。

X 是你不同于别人的居所，
活着，寄身于一张脸。

人到中年，你脚踩泥土，
想和庄稼一起生长。

不要以为这是时间的馈赠，
无形之爪将你抓住。

哦，你呀，不是注销，
是找一个理由悄悄地保存。

2022.8.24

黑暗不只是一种离别

成为一盏灯，
灯光是最好的词语。

光影是一种折磨，犹如
爱恋之伤口。

不要以为会真的发生什么，
如果灯变黑了。

黑暗不只是一次离别，
夜晚脱掉外衣。

月亮这位
女神，年幼不懂得忧伤。

2022.8.24

面包，牛奶，一本书……

除了我，还有谁认识我？
我忘了自己是谁。

“仅仅做梦是不够的。”
——面包，牛奶，一本书……

离别是一张脸，泪水
是小自由。

风啊，我预料骰子会抓在
死神的手中。

月亮来到窗前，她是
活着的神灵。

2022.8.28

远和近，散落的沙枣

瞧那些乌鸦，夜幕降临——
生灵的慈悲。

川藏线，几只落单的牛羊
是大地的身体。

风沙堆积天路，
远和近，散落的沙枣。

月亮，为喘气的雪域
贴上膏药。

一匹即将死去的马，
"收集人类的泪水。"①

2022.8.30

①〔叙利亚〕阿多尼斯诗句。

恍若有一双眼睛看着我

快到中秋了，
我还没有看见月亮。

风和树做游戏，夜色中
有许多奇怪的虫子。

窗口，恍若有一双眼睛
看着我。

我想告诉星云之上的月亮，
让她帮我问候父亲。

风光着脚进来，给我
盖上被子。

2022.9.1

波斯猫，女儿叫它“抱抱”

以前一直以为猫是
趴着睡的，现在才知道它有

像我一样的睡相：仰脸，四肢朝天，
或弯腰侧身，还打呼噜。

常常不见它的踪影，
却突然会窜到我的身后或脚边。

孤独是怎样将它迷人的身姿
细密在它柔软的绒毛里。

波斯猫，女儿叫它“抱抱”，
三个月前它从沈阳被邮递到嘉善。

2022.9.2

一群蚂蚁在我身上爬

从日本料理店出来，
一个人走在街头。

有多少人
像我一样淋着雨。

雨水中有一群蚂蚁
在我身上爬。

它们想唤醒我
身体里的另一群蚂蚁。

——雨停了，一群蚂蚁
仍在我身上爬。

2022.9.3

向死而生的致意

我的什么日子快结束了，
时间的容器满了。

我是谁，我也不知道
哪一个是我？

我愿意拿什么说出
我的疑虑，悲凉，眷顾。

向死而生的致意，这些
离别的眼神。

“什么，什么是我？”回声
正在消失——

2022.9.5

今年的白露在白露内部

白露之手被我
抓住，白露之手又从我手中

逃脱。
这些瞬间，我能看到的

是酷暑后的月季、铜钱草、虎刺梅，
仙人掌，蔷薇，朱砂根。

隔着窗台，今年的白露
在白露内部——

日子，为什么只有通过白才能
露出来？

2022.9.7

人到中年，我怕说话

渐渐陌生的世界，
曾几何时，那些传记式的夜晚。

哪怕我不想说，
我也知道自己想说什么。

哪怕是我没说，
我也知道我说了什么。

人到中年，我怕说话——
张开嘴，也只能发出“啊”之声。

仿佛草木，和鸟兽一起
活在静默的人间。

2022.9.9

手朝着不同的方向生长

他将戒指戴在她的
无名指上。

他握住她的手，
仿佛听到了她的呻吟。

时间之手，搭在他和
她的肩头。

入睡前，他将戒指取下，
而她仍然戴着。

相同的夜晚，
手朝着不同的方向生长。

2022.9.13

台风过后，草木更干净了

昨晚狂风暴雨，为夜
解下了腰带。

风啊，雨啊——
失忆的，湿漉漉的边际。

台风过后，草木更干净了，
仿佛长出新枝嫩叶。

如同焦虑拖拽的垃圾车，
装满了残枝败叶。

相由心生，
秋蝉还不愿隐身。

2022.9.19

时间之树，光的床笫

这布满小窟窿的时分，蝉声
穿过黄昏的唇齿。

时间之树，光的床笫，
黑暗，也是明光。

忙碌的蚁群，归乡的劳顿，
日子，如树叶。

这是谁等待的时刻？
一秒钟，穿过无常的天空。

犹如铁栅栏爬满了凌霄花，
经遭的苦难犹如人类。

2022.9.20

这个例外的九月

沟壑之下，
被窥视，被幻化。

被炙烤的，是苍天，
是死亡的夜晚。

记住这个秋天吧，
这个例外，例外的九月——

“仅仅悲悯是不够的。”
“但还能怎样？”

如何仿效明灭的黑夜，
再次被伤痛遗忘？

2022.9.21

孩子累了，把手伸给我

外孙女上一年级的书包
好沉。

看着她气喘吁吁地爬楼梯，
我伸出手。

“书是身体。”
身体是拼音、词语、数字……

从头读到尾，反复读，
声音都是孩子的。

孩子累了，把手伸给我——
我递给她一根跳绳。

2022.9.22

银杏果还长在树上

九月的汾湖，晚稻快成熟了，
白鹭有着风的谦卑。

秋分刚过，天高云淡，
心和天际对话。

想起昨日去云台禅寺，
银杏果还长在树上。

寺北汾湖里的荷，保持着
最后的在场——

这些朴素的事物
开始原谅那些曾经犯错的人。

2022.9.24

这一切都是真的

黎里古镇的夜晚有些清冷，
仿佛走在尘世之外。

“这一切都是真的。”
一只屋檐下的蜘蛛闻风而说。

有的人一生从未来过，
就像有的人一生从未谋面。

神灵之风呀，一轮新月
伏在青龙桥肩头。

对自身的爱恋，
像我从九南街的教堂走过。

2022.9.25

这不是风的错

风是离别，
风也会哭泣。

风是母语，
风也会静默。

风的无形之手，
将风撕裂。

风累了，
像鸟，睡在树枝上。

风吹干人世间的泪水，
这不是风的错。

2022.9.29

六悦博物馆记

“佛像，木雕，匾额，官箱，
家堂，轿子，面具，刻画，门神……”

民间艺术博物馆，让我记住了
美国籍收藏家杜维明。

眼，耳，鼻，舌，皮肤，身心的
愉悦此起彼伏。

光和影，尘世间的秘密，
像我匆匆的身影。

阴阳有各种形态，这些移动的
遗址，让时光静默。

2022.10.2

辑五　仿佛这就是『一切』

小小木偶，像可疑的“？”

离奇的是昨天，还是今天？
这黎明前的黑暗。

霜降的夜晚，
月亮，水洼里的天空。

掩饰，躲闪，抑郁，茫然——
那些胆怯的小兽类。

小小木偶，像可疑的“？”，
一个个活在纸上。

一头巨兽又到了发情期，
“我们所期待的，都没有到来。”

2022.10.26

真怕它落下来

血月亮，不想让它落下来，
如果，就用双手接住它。

“落地需要做什么？”
最好它被卡在高压电缆上，

看上去空荡荡的夜空，
露出渗血的伤口。

仿佛它是被挖出来的玉镜，
来自带血丝的眼睛。

“还有什么意外可能发生？”
——真怕它落下来。

2022.11.9

因为什么，在什么时候？

树上的无花果还没熟透，
就被飞禽啄食。

受惊吓的猫逃走了，
狗，也懒散地趴在地上。

蜗牛钻出草丛爬向菜地，
蜘蛛在风中织网。

树，无花果，飞禽，猫，
狗，蜗牛，蜘蛛，风，网……

万物呀，因为什么，被活着？
在什么时候，被死亡？

2022.11.17

仿佛这就是“一切”

说是到了冬天，却像是秋天，
昨晚一场雨让气温回升。

看着地上湿漉漉的银杏叶，
像是在参加一场葬礼。

一颗颗怜悯之心，去检视
灵魂的良知。

仿佛这就是“一切”——
“它应该被放进引号”①

就这样站着，坐着，或蹲着，
等待某个时刻的到来。

2022.11.18

---

①〔波兰〕维·希姆博尔斯卡诗句。

蚂蚁会写好自己的传记

词语的蚂蚁出没在纸上，
但眼睛拒绝顺从。

听风，耳鸣已成习惯——
“那就将这张纸撕碎。”

“需不需要拒绝？”
给眼睛和耳朵一点勇气。

蚂蚁纷纷逃离，或让蚂蚁
变成干蚂蚁。

没有谁安慰那些蚂蚁，
它们会写好自己的传记。

2022.11.21

一块石头抓在手里

为苟活，膝盖跪在地上，
你的“无助”谁能替你作证？

不要以“宽仁”之名宽仁，
你的屈服不会发出声音。

但无论何时你都会起来——
一块石头抓在手里。

谁将指认？时间留给你的
是一个“静默”之词。

所谓良知，就是你怀里的
孩子，没有离开你。

2022.11.24

灰蒙蒙的天空，如同汪洋

你知道它们都会到来，
于是你不停地在身体里等候。

你玩魔方，尝试着
对自己的耐心。

灰蒙蒙的天空，如同汪洋，
你的目光拒绝你。

允许你
离开，允许你没有记忆。

一千零二夜，是你最后——
最后的一夜。

2022.11.26

一切如风预料的那样

你假装不知道银杏树叶
与樱花树叶的区别。

西风吹来，树叶纷纷
落在你身上。

留给你的，是这些沉默的，
树叶的沉默。

但你知道，树叶不是，
不是真的沉默——

“这世界没有你依然进行。”
一切如风预料的那样。

2022.11.27

你的身体长在树上

树林里，一条狗消失在
你的视线里。

安静的树林，是安静——
召唤你来到这里。

你幻想脱掉身上的衣服，
过原始人的生活。

时光，像风雨中的树叶，
你的眼睛长在树上。

你就是一棵树，
时间耕耘着你的生死。

2022.11.28

它像一只乌鸦

又下雨了，还听见打雷声——
是冬天的雷。

断崖式降温，20℃降至 1℃，
还刮起了大风。

天色也暗淡了——
一只黑色塑料袋被风吹上了天。

它像一只乌鸦，挣扎在
一只破洞的口袋里。

天气预报说，明天有雪——
“世界会变白。”

2022.11.29

即将到来的寒冬

昨晚的梦境被她
找到，在那条马路的尽头。

但她不太相信这是真的，
她开始怀疑——

鲜花，蜡烛，面包，矿泉水，
口罩，眼镜，鞋，纸片。

她牙齿打战，
鼻孔之痒让她难以忍受。

——她相信，即将到来的寒冬，
会让她的眼泪结成冰。

2022.11.30

忍受，眼泪是良知

“失踪的牛羊去哪儿了？”
冰雪躺在地上。

飞禽走兽，纷纷
从受惊的尘世间，逃离。

驮着天的生灵，被地掩埋，
投着地的，被天举着。

一颗颗“怵惕恻隐”之心——
忍受，眼泪是良知。

我们都将去哪里？
“谁活着，谁就看得见！”[1]

2022.12.3

① 电影《瓦尔特保卫萨拉热窝》中瓦尔特的台词。

谁替我们忘掉悲伤

冷清的墓园，碑文
褪了颜色。

“多好的安慰。”
仿佛一切都会这样，或那样。

沉默，顺从，或拒绝——
我们可以活得更好。

谁替我们忘掉悲伤？
树，芦苇，刺猬，飞鸟……

我们挨近银杏树林，
身披一袭袈裟。

2022.12.5

时间，是怎样爱着我们

悬铃木，木槿，无患子，鸡爪槭……
它们被寒风吹着。

冷，是真的，
不安，也是真的——

白昼，这么白。
黑夜，那么黑。

而给了我们生命的
时间，是怎样地爱着我们？

还有一个世界的、大海的、天堂的
孤独，也爱着我们……

2022.12.7

他也怀疑自己

是他一个人，还是他——
身后的一群人？

像他身前的许多人一样，
他也怀疑自己。

即使生前有太多的遗憾，
他也只能这样。

——他瞧见，他掉在地上的
手套被狗衔走。

一次偶然的
见证，赋予他太多的意义。

2022.12.8

她端详着自己的脸

淋浴后，
她穿上粉红色的睡衣。

她身上，弥散着硫黄香皂的
气味。

镜前，她端详着
自己的脸。

她对着镜子
哈气，哈气，哈气——

直到她
在自己的眼前消失。

2022.12.9

她不是一个赞美者

她盘腿坐在酒吧的角落，
看着眼前绰绰人影。

想起窗外下着雪，
她开始啃咬自己的手指。

她的身体和灵魂，每一处
都感到痛和孤寂。

“我还有多少时间？”
她知道自己只是一粒火星。

她不是一个赞美者——
仿佛她活在别处。

2022.12.12

风中飘来悲悯的气息

她经常在午夜醒来，她
学会了抽烟。

她还学会写诗，
她写："风就是烟。"

她相信烟会被风吹散，
也相信风会让她忘掉一切。

"风中飘来悲悯的气息。"
她常常被烟呛咳。

烟是她的化身——
她的愿望是跟风一起活着。

2022.12.13

像蜗牛一样的生灵

又梦见一只
蜗牛，在篱笆上爬着——

这是在早晨，蜗牛的饥饿，
就是我的饥饿。

如此众多的，像蜗牛一样的
生灵，我赞美它们。

是它们
让我看到自己的卑微——

一阵风，把它们从低处
吹到更低处。

2022.12.14

她想打开身上的蜂巢

感觉快窒息了，她走到
飘着雪花的窗外。

她脱掉黑色风衣，
袖口里掉下白色的手套。

被风吹落的银杏果落在她胸前，
她想伸手抓住它。

隔着毛衣，她摸了摸胸口，
想打开身上的蜂巢。

冬天的隐秘，就像她此刻的
自恋，不会告诉任何人。

2022.12.16

只是现在已经习惯

记住那些日子，仿佛
它们未曾流逝。

——那些“不存在”的人，
“不存在”的言辞。

只是现在已经习惯，
“仿佛撞到墙上。”[①]

还是在梦里吗？空荡荡的
街道，车站，商店。

一个个持续到过去的瞬间，
回来，又消失——

2022.12.18

---

①〔波兰〕斯坦尼斯拉夫·巴朗扎卡诗句。

至少，或者，但愿

听见自己的心跳，她的手
试图按住自己的胸口。

张开嘴，她发出“啊”的声音，
像是为自己祈祷。

她用盐开水洗脸，漱口，
然后去乡村诊所测量血压。

如此多的经历，无常——
至少，或者，但愿。

——多少次她想告诉谁：
“这些都不是真的。”

2022.12.19

冰上有了阳光的痕迹

人烟稀少的云湖公园，
野鸭在湖上觅食。

渐渐枯竭的湖水，
一种不容置疑的延续。

就像三年前的那样，
日复一日。

岸边的湖水结了冰，
冰上有了阳光的痕迹。

向着天空吆喝一声——
不只是为了听见。

2022.12.20

消失在清冷的人间

她哭了，她曾经的任性
纠结在双臂之间。

如此木然、凄切，
无助的外衣穿在她身上。

她的脸冻得浮肿，小腿抽搐——
冷风抓向树枝。

灰蒙蒙的天空，
她嘴里含着一片树叶。

此刻的她，再次消失在
清冷的人间。

2022.12.28

仿佛她就是自己的同伴

整个夜晚她都忍着,
刺骨的疼痛让她生不如死。

很长时间,她把冰冷的手
贴在自己的心房。

还能祈求谁?
她再也没有耐心去回忆。

这个冬天,还有什么比她的
悲伤更让人悲伤?

恍然若梦,仿佛她就是
自己的同伴。

2022.12.28

每一棵树都是鸟的摇篮

雨后，去海边看红树林，
有一棵树等着我。

海风吹着我凌乱的头发，
也吹着树上的蛛网。

每条小路蜿蜒如蛇，
每一棵树都是鸟的摇篮。

顺着红叶上的雨水，
我一路小跑来到海边。

陡峭的树枝上，有我挥之
不去的命脉。

2023.1.12

他身体里的黑暗

昨晚落枕，上午去盲人诊所
推拿正骨。

三十多岁的技师戴着墨镜，
他的手在我颈部游走。

当他告诉我还是单身，
我猛地从推拿床上坐起来。

看着他起老茧的手指，
我又重新躺下。

他身体里的黑暗，需要我
渐渐去适应。

2023.1.15

或许你只是风

如今你去了哪里？曾经的你
不再回来。

或许你只是风，
“这世界只是空气。”[1]

没有人还会“在意”你——
你只能保持沉默。

如果还有什么疑问，你可以
继续保持沉默。

“你没有离开你。”
“真的，你已经离开了你。”

2023.1.17

①〔波兰〕斯坦尼斯拉夫·巴朗扎卡诗句。

直到夜幕降临

他端着一只空碗，
在街头溜达。

他还戴着墨镜，生怕
被人认出。

整个下午，他满街溜达，
直到夜幕降临。

碗里盛满了夜色——
他被黑暗吞噬。

他身上的秘密，只有
碗知道。

2023.1.23

有一束寒光在墙上闪现

一堵墙挡住了他的去路，
墙，不是玻璃墙。

即使是一堵玻璃墙，
他也无路可走。

突然间有一束寒光
在墙上闪现。

他想用手中的
刀，捅破这堵墙——

他的故事，听起来
像是一位精神病人的呓语。

2023.1.23

像什么，是什么

开门见山，山是杭州的
小和山。

隆起的山峦，
像什么，是什么。

顺着台阶往上登——
额头粘着蛛网。

或许在某个山阴处，可以
找到自己的归宿。

哦，日子，比如
像今天，离二月还有三级台阶。

2023.1.28

总有那么一天会到来

鸟将巢穴筑在树枝上，
或屋檐下。

但在白水塘的绿道边，
鸟将巢穴筑在高压电线铁塔上。

能听到电流发出的“吱吱”声，
“最危险的地方最安全？”

晨练的人，顺着流淌的河水，
从高压电线下穿过。

总有那么一天会到来——
鸟巢会成为空巢。

2023.1.30

仿佛在黑夜的内部

这三年，他总是失眠，
天花板白里透黑。

偶尔，他抬起下巴，
努力回忆这不堪的经历。

仿佛是在黑夜的内部，
他听见自己“呼哧”喘气声。

“谁愿意将黑暗作为赌注，把光
驱赶出自己的身体？”

——他已经同意，只是他
自己还不知道。

2023.1.31

没人注意到她的存在

走进酒吧，她坐在靠窗的位置，
点燃烟猛地吸了几口。

昏暗的灯光下，忽明
忽暗的烟火在她手指上闪烁。

她是名医生，来这里只是
想独自安静片刻——

“那么多的老人突然离开我们。”
她木然地看着窗外夜色。

没人注意到她的存在，
直到烟在她的手指上熄灭。

2023.2.1

开车饿了，他也舍不得吃

车上放的两块压缩饼干，
是两个月前他从淘宝店买的。

第一次吃它，他就觉得好吃，
香酥脆，咸味夹着甜味。

有人坐他的车，他就
送上一块，还推荐别人去买。

后来只剩下两块，开车饿了
他也舍不得吃。

在他眼里，压缩饼干曾给他的
生存带来某种“硬核”。

2023.2.1

辑六　像那些牛羊活过草木

每天都有相同的时刻

他坐在轮椅上，
轮椅下堆放着旧报纸。

每天都有相同的时刻
等着他。

人到中年，他感觉自己的
头发越来越稀疏。

仿佛他是个小怪物，
从时间的大迷宫里跑出来。

缕阳光照在他不堪的脸上，
他弯腰捡起了旧报纸。

2023.2.2

今年的冬天特别冷

外孙女在小区广场上学轮滑，
奶奶在和邻居闲聊。

“西红柿几块钱一斤？”
“早上买到了降价的冻猪肉。”

麻雀时不时在树上叽叽喳喳，
牵动着她们的视线。

今年的冬天特别冷，
广场上看不到遛狗的身影。

天气预报说：明天寒潮来袭，
气温将下降六摄氏度。

2023.2.3

卡夫卡将他变成甲壳虫

他想把自己的故事写进小说，
努力使情节变得曲折。

比如他偷偷将自己
推出窗外，爬进了热气球。

热气球遇到雷电爆炸，但他
奇迹般地活下来。

比如突然停电，
他被困在漆黑的电梯里。

卡夫卡将他变成甲壳虫，
他从电梯的缝隙里钻了出来。

2023.2.4

他时不时朝镜子窥视

即使台上没有人，他也会
站起来鼓掌。

用刀片将自己的名字
刻在墙上，然后他把墙推倒。

他时不时朝镜子窥视，
却始终没有发现自己的身影。

为听见鸟鸣，他将自己关进
鸟笼，悬挂在树上。

他的许多想法很怪诞，
他的行为比他的想法更怪诞。

2023.2.4

整个夜晚都是如此

漆黑的立春夜，窗外是
寂静的风雨声。

寒气被雨耗尽，
但仍有一些树叶会凋落。

整个夜晚都是如此，
每次醒来都在祈祷。

天渐渐亮了，但雨
还在下。

“在一个人的体内。”
无论春天会有怎样的安慰？

2023.2.5

似乎还缺了什么

楼下的银杏树又长出了叶芽，
但三楼的老人不幸走了。

它，他，我们——
仍存在于自己的世界里。

时间像石头从山上滚下来，
砸在我们身上。

一颗门牙突然
老掉了，嘴角渗出了血丝。

轮回，悲悯，陪伴，安生……
似乎还缺了些什么。

2023.2.6

在灯熄灭的时候

她来到我房间，听到她
光着脚走在木地板上的声音。

但我压根没看见她的身影，
仿佛她藏在了空气里。

后来我睁大眼睛，连她的
脚步声也消失了。

琢磨好久，我怀疑
她在拍摄一部悬疑电影。

在灯熄灭的时候，我抓住了
她的手，不松开——

2023.2.6

舞台上飘起雪花

一位魔术师，来到舞台上，
他曾经是一位糕点师。

也许是一名理发师，或牧师，
他魔术般地变换着身份。

他的黑衣口袋里藏着
一群小白鼠。

舞台上飘起雪花，
他渐渐变成了圣诞老人。

小白鼠从他口袋里蹿出——
一群白雪公主在舞台上奔跑。

2023.2.8

风，鸟，蛛网

从一棵树到另一棵树——
风，鸟，蛛网。

如果没有风，鸟，蛛网，
静静的黄昏。

黄昏后的夜晚，
鸟穿过蛛网和风私奔。

风 X，鸟 Y，蛛网 Z，
相互组合、追随。

风吹着蛛网上的蜘蛛，
吃蜘蛛的鸟。

2023.2.9

河，动了声色

跳进河里，
一条河从他的身体里流过。

只要有水伴着，他就
不再害怕。

起风，下雨了——
河，动了声色。

他不愿上岸，等水漫过堤岸，
或等河干涸。

一条画在纸上的河，
被他从桥上扔到了河里。

2023.2.9

像一个走失的孩子

她是我想见的人，
但我快忘记了她的模样。

她曾贸然来到我梦里，
还朝我做鬼脸。

黄昏我看见她在桥上游荡，
像一个走失的孩子。

“她怎么会变成这样？”
一艘集装箱船鸣笛从桥下驶过。

每个从她身边经过的人
都看着我——

2023.2.10

唯不安者得安宁

雨后，泥土潮湿，
一棵棵树苗被人连根拔掉。

积满雨水的树坑，
像一只只白内障的眼睛。

这是悲悯，悲悯于这样
或那样的不安。

“唯不安者得安宁。”[①]
似乎一直处在不安的时刻。

找到那个拔掉树苗的人——
和他一起植树。

2023.2.11

---

① 引自丹麦宗教哲学心理学家、诗人索伦·克尔凯郭尔的《恐惧与战栗》。

搅动夜晚的神经

一杯红酒举到唇边——
“喝吧，酒也是一种安慰。”

一小口、一小口地啜饮，
品出酒杯里的“红”。

那举杯喝酒的人，仿佛
也被酒杯举着。

兴奋，不安，迷离，渴求。
——灯红酒也红。

红酒，缘于一种
血，搅动夜晚的神经。

2023.2.12

心底还有多少惆怅

天下着雨，他在解放路的
某个街角停下来。

仿佛雨是悲伤的，
淅淅沥沥的悲伤却没有停下来。

被雨淋着，他想知道这儿
离中山路还有多远。

在他湿漉漉的
心底，还有多少惆怅?

雨水顺着脸，他有多少
惆怅，路就有多远。

2023.2.13

这一切多么熟悉

夜幕降临时，天空
变矮了。

我在我身边
坐下时，天空更矮了。

摘下鸭舌帽，我突然想
站起来呼喊——

新月眨着眼，
我把灯笼挂在石榴树上。

——天空响起爆竹声，
这一切多么熟悉。

2023.2.14

像那些牛羊活过草木

在白水塘公园里晒太阳，
我们说着内心的卑微和感激。

我们庆幸，像那些牛羊
活过草木。

一群滑着轮滑的孩子朝我们过来，
我们赶紧将上衣穿上。

经历得太多，懂得太多——
跟草木说话治好了我们的错觉。

“相信”给了我们重生的智慧，
“怀疑”让我们救赎自身。

2023.2.15

没有间隙可以躲藏

光警告我们，说影子正在
靠近，或逃离。

面对一堵玻璃墙，
我们没有间隙可以躲藏。

恍惚，焦虑，不安——
我们像一群麻雀。

“如果”“如果”“如果”……
“哪有那么多的‘如果’？”。

在夜晚的怀里，如果我们
动了恻隐之心。

2023.2.16

灯影像滚动的骰子

他终于感受到身体的匮乏，
走出酒吧的瞬间。

啤酒在他喉间呃逆，
他摘下眼镜，看了看夜空。

他走到行道树下侧身靠着，
然后席地而坐。

来来往往的车辆
和灯影，像滚动的骰子。

他想和整个世界一起活着，
和自己一起死去。

2023.2.17

鸟巢耗尽了时光

一棵棵柳树
站在河边，我席草而坐。

斑驳的光影投在河里，
也投在我身上。

一条河赋予了它怎样的意义？
河水给了我这份宁静。

鸟巢耗尽了时光，
它一定像我一样又冷又孤独。

白日将尽——
黑夜的门会自己打开。

2023.2.20

没有根的雨

醒来，
我躺在我的怀里醒来。

窗外雨声淅沥，
夜晚漆黑。

“没有根的雨。”
“雨的血管在树枝上破裂。”

屈服于祈求者的命数，
我在雨中消失。

春寒料峭的雨夜，除了我
谁还重新在场？

2023.2.23

二月，兔还在笼里

渐渐衰竭的天空，
怎样的光亮逃向树林？

我曾是一只寓言之兔，
被一棵树捕获。

那就让兔来作证，
睁开布满红血丝的眼睛。

二月，兔还在笼里，
而它周围的一切都在溃散。

是它，“摧毁”我的意愿，
“尘封”我的记忆。

2023.2.28

看吧，这黎明的雨

洗脸刷牙，俯身
低首，生活得以继续。

水冲着我的脸喊——
这隐秘的水声。

如此细小，又多么浩渺，
水藏着怎样的寓意？

无尽的水呀，它也有
眼睛，嘴巴，鼻子，耳朵……

——看吧，这黎明的雨，
在我四肢上发芽。

2023.3.1

在我和它重逢的世界里

那鸟，一只鹦鹉——
飞到窗台，在荷池里喝水。

它鲜活的眼神，胆怯地
看着我。

三年了，我梦见它
是父亲生前放生的那只鹦鹉。

但它更像是一团黑暗之光，
照亮我的卑微。

在我和它重逢的世界里，
我看见父亲的身影。

2023.3.5

我的努力归于金黄

黎明村是我 1963 年的出生地，
它让我的心躺下。

张敏华是我用了六十年的名字，
它让我一直活到现在。

三月，独圩[1]的油菜花又开了，
我的努力归于金黄。

低处的桑园，雨丝赶向枝头，
我向天地示意和祈祷。

十九日，我伸手抓住树枝——
以为抓住了人生的意义。

2023.3.19

---

① 独圩：地名。

谁说它就是一盏灯

在你和我，我们之间——
只剩下一盏灯。

但这盏灯的钨丝
断了。

它连阴影
也无法给我们。

但谁说它不是
一盏灯？

谁说它
就是一盏灯？

2023.3.8

大风把梯子刮倒了

他搬来梯子，爬上树，
鸟飞走了。

可他向往
鸟那样的自由。

斑驳的光影，落在他
惘然若失的脸上。

大风把梯子刮倒了——
鸟，又飞了回来。

满地的树叶，被风
加持。

2023.3.9

我认识一个美国诗人

“我认识一个美国诗人——
罗伯特·克里利。”

我把他介绍给朋友，
也把我的朋友介绍给他。

他戴着金丝眼镜，
用黑山派的眼神看着我。

哪一天，他会再次给我
“存在”的机会?

我在他“能”的“放射”下，
“快速”写完这首诗。

2023.3.10

他说一切都不会死

他说他是骑士，
我说他是溃败的骑士。

他说一切都不会死——
但他的战马死了。

“仁慈的兄弟。”
说完他的脸转向山丘。

曾受过草木的恩赐，
马吃草，他采摘树上果子。

在一个相似的夜晚，我和他
都听到风的抽泣声。

2023.3.11

在不堪的时间里

词语的“在场”，
在意识的，沉默的石头里。

站在沙子里的人，
彼此漠然。

也有爱或恨，
最后，都支离破碎。

惊讶的，是寓言般的神话，
但这些都无足轻重。

在不堪的时间里，词语的
轮胎，蔫了——

2023.3.12

它可能的落点是草丛

一枚闪光的硬币被他
抛向夜空——

它可能的落点是草丛，
树林，田野，山岗，雪原。

他希望它落在河里，
或海里。

但他
更希望它落在墓地。

在硬币落地的
瞬间，他听到了鸟鸣。

2023.3.13

害怕与自己分离

是雾让我迷了路，风不给
我喘息的机会。

总有太多的焦虑，
我忍不住折断一根树枝。

我的草木、牛羊、飞鸟……
不可穷尽的生死。

但我还是感到害怕——
害怕与自己分离。

在宿命的天际，
月亮，像我父亲的面影。

2023.3.20

但他还是感到孤单

天色暗下来，
他的咳嗽声越来越重。

还有他胸痛的呻吟，病房的
门，虚掩着生死。

仿佛他不再需要临近
那么多的时间。

灯关了，感觉有许多只蜥蜴
从墙里爬出来。

但他还是感到孤单，
恍惚中，蜥蜴并不存在。

2023.3.23

辑七　没有干燥的地方

仿佛她就是虚无

就这样，在一个风雨交加的
夜晚，她走了——

终于有一扇门为她
打开，炉火又将门关上。

这也许是她的另一个梦，
她的另一种渴望。

仿佛她未曾来到尘世，
仿佛她就是虚无。

而她生前放生的那只巴西龟，
负载着她的生死。

2023.3.24

抑郁的你被我抱着

没看见你，我内心不安，
没和你在一起，我不敢往前走。

我知道，你是我的夜晚，
黎明，或一盏灯。

泰然的草木是你，
落单的牛羊，也是你。

抑郁的你被我抱着，
你的不存在，也被我抱着。

无论你是谁，还是一个梦——
对我，已经足够。

2023.3.28

一团黑影笼罩着它的归途

凌晨一点醒来，
想起它的死，我不敢打开灯。

无数通向死亡的片刻，
“死拯救了生。”

雨夜，一团黑影笼罩着
它缺席的归途。

在另一个黑白造就的世界，
它还活着。

它是“妞妞”，一条巴狗——
眠者，享年八十二岁。

2023.3.29

不完美的夜空下着雨

再也听不到它的叫声，
看不到它摇头摆尾的身影。

即使喊一千声“妞，妞妞”——
也无法将它唤醒。

不完美的夜空下着雨，
树枝上发出散乱的啜泣声。

在雨夜的褶皱里，
飒飒的风带着隐约的喘息。

“妞妞”，一条巴狗的昵称，
泥土抱紧了它的肉身。

2023.3.29

他知道人生的本真何在

望着窗外灰蒙蒙的天空，
他不停地翕动嘴唇。

夜色在他的身上
投下急促或缓慢的呼吸。

欲望的夜晚，他曾经犯的错
被得到了宽恕。

他还把手放在自己的额头，
闭上眼睛吹着口哨。

哦，在那无限或有限的尘世，
他知道人生的本真何在。

2023.4.1

脸和手，像两盏灯

一张满是皱纹，泥土的
脸，它背着光。

一只嶙峋的树枝的手，
风和雨的居所。

在泥土和树枝的庇护下，
我们被唤醒、发芽。

光从自身的影像中分离——
风，绝对的雨。

脸和手，像两盏灯，高过
夜晚的栅栏。

2023.4.4

在孩子的眼里

白水塘公园，外孙女放的
风筝，百米冲刺般上升。

风大，紧绷的风筝线
扣在她的小手指上，有些疼。

我也替她感到紧张，
怕风筝线，断了——

远远望去，风筝像一只鹰，
但我更希望它是只“反哺”的乌鸦。

在孩子的眼里，
清明节和儿童节一样快乐。

2023.4.5

月光照着他的身子

关了灯，夜色接近他——
菜园子里的虫鸣又响了起来。

风和他低声说话，
他不再焦虑。

月光照着他的身子，
四周显得不那么暗淡了。

他的恬然自足，找到了
与这个世界彼此相连的感觉。

想象吧，一只蜗牛找到了
他藏身的地方。

2023.4.8

尘世再纷扰也会放下

四月的云台禅寺，
有着草木的清寂。

登楼北望，汾湖水泱泱，
襟情豁然开朗。

风铃叫醒了昨日的经卷，
谁在丁零声中归来？

看到花开欣喜，花落也欣喜，
尘世再纷扰也会放下。

在古老的银杏树下转圈——
每片树叶都有心跳。

2023.4.20

白鹭搅动湖上的空寂

晨曦。旷野的画廊，
一群白鹭搅动湖上的空寂。

湖水接纳的词语，是风
吹出的“涟漪”。

“汾湖是谁的身体？”
——水的床榻，盛产鱼虾。

有那么多的悲悯，
在汾湖的元气中找到。

哦，此岸，彼岸——
湖水见证了日月的永恒。

2023.4.28

我渴望像猫一样的安然

它，一只在地板上尽情地
玩耍小皮球的猫。

它听见我开锁进门，
就侧身躺在过道上仰脸看我。

我蹲下身，用手抱起它——
它用舌舔我的手指。

而更多时候，它蹿到沙发上，
似睡非睡地瞅我。

我渴望像猫一样的安然，
过着寻常的生活。

2023.4.30

渴了吧，喝一口汾湖水

汾湖的莲对我说，它的心
藏在湖的深处。

我也知道，
我的心也和莲有关。

冬天一场雪，春天一场雨，
汾湖由白变绿。

落日的余晖，
一群白鹭越飞越低——

——渴了吧，喝一口
汾湖水。

2023.5.2

半个鸟巢挂在树上

孩子们从汾湖的穿堤上走过，
我远远地爱着他们。

半个鸟巢挂在树上，
我站在树下，抬头，心生敬畏。

不清楚湖对岸的云台禅寺，
是否有人望着我？

风在安抚谁呢？
湖，让我学会了忍耐。

“活着比什么都强。”
我把手里的艾草撒在湖里。

2023.5.4

湖水于我如鱼虾

夜晚从汾湖的上游
流下来，经过一丛丛芦苇。

湖水越流越远，
将我置身在苍茫之外。

湖水于我如鱼虾，
渔火闪闪。

我知道，月光
会让卑微的事物变得生动。

我湖边的身影，也渐渐
变得清晰。

2023.5.6

来鹭草堂的门虚掩着

让我横着走的，就是
藏在桐乡崇福腹部的这条老街。

斑驳的砖墙上爬满了凌霄花，
来鹭草堂的门虚掩着。

台风“卡努”过后，天气更闷热了，
站在半爿弄口，我昏昏然——

一个难挨的午后，
我无法走到横街的尽头。

耐克鞋子里一粒横街的瓦砾，
让我不得安宁。

2023.8.7

石门湾，京杭大运河的河湾

石门湾，京杭大运河
流经崇德一个大角度的河湾。

一艘艘铁壳船停泊在岸边，
——船舱都是空的。

运河水浑浊，昨天
发生太多的事情，我都忘了。

不绝于耳的蝉声，教会我
忍气，不吞声。

真不希望这大运河
之水，汹涌地奔向北方。

2023.8.10

有些事是不能看透的

让我感兴趣的，是它的
塔名：文壁巽塔[①]。

巽，读 xùn，第四声——
本义为顺从，引申有谦逊义。

塔，何时何人始建和重建，
我都不想知道。

有人站在塔上看夕阳，
“有些事是不能看透的。”

池塘荷花开，倒影在池水里的
塔，变矮了。

2023.8.11

① 文壁巽塔，位于浙江省桐乡市崇福镇中山公园内。

在横街的街头走走

到崇福不去横街，
就像到了成都没去宽窄巷。

黄昏时我来到横街，
发现我的鞋带散了。

在横街的街头走走停停，
两元钱的橘红糕让我忘了饥饿。

巷子深处的竹林里，有两三只
麻雀，就够了——

它们叽叽喳喳的
叫声，让我的心情变好。

2023.8.13

恍若隔世的石门湾

想先生了，就去缘缘堂，
看先生的漫画。

穿长衫，披马褂——
像先生那样留长长的胡须。

在庭院的竹林边驻足，
数数今年长出了多少新竹。

琴声，宛然在耳，
宛然在目，宛然如生。

恍若隔世的石门湾，
也是我故乡。

2023.8.15

骨子里的善良

诗人巧慧在陈之佛纪念馆的
门口等我，她满脸汗水。

和她握手，
手也是湿漉漉的。

——她递给我矿泉水，
我递给她纸巾。

这情景，如果让陈之佛看到，
他也会感动的。

诗人的骨子里，都是
善良的。

2023.8.23

如果雨停了

下雨了，
雨声是整个夜晚。

因为有街灯，能看见斜斜的，
密密的雨丝。

时至处暑，在雨中
走一阵，就会原谅自己。

如果雨停了，就能
听到风声。

还有古琴声——
虫鸣声。

2023.8.26

也许是，也许不是

滴答滴答的雨声
惊醒我，感觉我饿了。

还感觉冷——
那种被风抓挠的冷。

蛛网也破了，蜘蛛
也不知去向。

忽然想起四个小时前，
两辆消防车

拉响警笛，闯红灯——
也许是，也许不是。

2023.8.27

人间止于雨后

这淅淅沥沥的雨声，
像是在和我说话。

曾经幻想了无数次，在雨中
等一个人。

还有什么，比在雨中归来
更让人心安？

雨水让我身上痒痒的，
仿佛我被人抱着。

“人间止于雨后。”
如此安然，虫鸣无际——

2023.8.30

没有干燥的地方

走出图书馆，我才发现
天空下着毛毛雨。

我没带伞，像走在雾里，
渐渐看不清了——

如果带伞了，
我也不会去打开。

其实，这雨即使越下越大，
也跟我没关系。

除了图书馆，这个世界
没有干燥的地方。

2023.8.31

看见天空塌陷下来

墙角那棵银杏树，
因长势旺，长得太高——

被小区保安砍掉了
几根树枝。

手腕粗的树枝，
连同青果散落在草丛里。

快二十年了，银杏树渐渐长大，
我渐渐变老。

每次从银杏树下经过，
我抬头都能看见天空塌陷下来。

2023.9.1

风沙哑地吹着天空

图们口岸，几只偷渡过来的
麻雀，停在铁丝网上。

可以免费租借望远镜，
把对岸拉近——

年迈的秋天，不羁的江水，
风沙哑地吹着天空。

两岸杂草丛生，
需要一把野火，一场暴雨。

嘴里含着俄罗斯风味的雪糕，
冷得说不出话来。

2023.9.6

有人欲朝天池里扔石头

都说我幸运，第一次上长白山
就看见了天池。

哦，这么多人
和我一样幸运地探出身——

“绿得太像翡翠。”
似乎只剩下这样的比喻。

半个月亮隐现在鱼鳞状的天空，
火山灰被阳光的纸包着。

有人欲朝天池里
扔石头，被我用喊声劝住。

2023.9.7

就像她抱着我

她看着我，然后低下头，
我瞬间被她臣服。

看见她的鞋带散了，
我蹲下身，我的鞋带也散了——

踏上落叶缤纷的山路，
脸上的蛛网，被我们记住。

就像在树林里，
我们一起抱着一棵银杏树。

就像她抱着我，我抱着
她，喊“妈妈”。

2023.9.11

辑八　隐忍负重的往生

也许她是对的

她来看我时带着一把伞，
“把伞给我吧。”

她犹疑地看我，
转身，又向天空张望。

我以为她还会再转身——
但她没回头就走了。

“也许她是对的。”
她想要的，我无法给她。

下雨了，我想做的，就是
把伞还给她。

2023.9.12

我们都活在根号里

我又写到了土拨鼠，
但仍没见过它。

曾经在电视荧屏上，
它从北美大草原向我奔来。

它警觉地环顾四周，我也不由
自主地朝四周张望。

它在草甸上挖洞，
仿佛给自己加了一个根号。

我和土拨鼠，我们——
都活在根号里。

2023.9.21

他羞愧于被我看见

狂风暴雨让树上的银杏果
过早地坠落。

青黄色，湿漉漉的
果皮隐伏着怎样的悲悯？

父亲还活着的时候，
他都会去树下捡银杏果。

树枝上的雨水落在他身上，
他羞愧于被我看见。

寒露将至，我捡起银杏果
将它们埋在土里。

2023.10.9

他把手伸进被窝

寒露的早晨天气渐冷，
他添衣起床。

坐在床沿上，他试图
回忆梦里那个穿婚纱的女人。

时间一分一秒地过去，
他仍坐在床沿上。

把手伸进被窝，他感受着
身上残留的体温。

抬头看见她的照片，
仿佛他找到自己的定数。

2023.10.11

幻想看见离人的身影

兰溪廊桥，青石板斑驳着
流年的光影。

山涧溪水宛如众生之潮，
被放生于草木间。

风从百山祖峡谷吹来，
恍惚中传来西洋殿的鼓声。

山色渐渐暗下来，
幻想看见离人的身影。

廊桥……兰溪廊桥——
如一艘遗梦百年的船。

2023.10.16

空气中弥漫草香

楼下传来割草机的轰鸣声，
又到深秋季节。

空气中弥漫草香，
蚱蜢和蚂蚱纷纷往外跳。

老妇人被人推着轮椅往回走，
京巴狗跟在她们身后。

风随心地吹着草屑，
园艺师从口袋里掏出烟盒。

周围的世界，在忽明忽暗的
烟火中，再次安静下来。

2023.10.18

悲悯在指尖上弥散

香之沉香，木炭般黑，
智者般沉默。

雷击，风折，虫蛀，
砍伐——

病之木，木中之
舍利：宁静，引导心香。

身体之瓶，心跳声，
敏感之超声。

悲悯在指尖上
弥散。

2023.10.20

忘了乌鸫还在鸟笼里

乌鸫在树林里，准确地
说，乌鸫在鸟笼里。

鸟笼挂在树上，
树枝上结满银杏果。

麻雀也在树上，还有
野鸽、白头鹎。

忘了乌鸫还在鸟笼里，谁说
乌鸫不在树林里？

午后的银杏树林，斑驳的
光影落在鸟笼上——

2023.10.23

其实椅子不会空着

一把椅子放在那里，
“一把空椅子。”

“那里”是书房、阳台，
甚至是病房……

即使从椅子上起来，
但气场还留在椅子上。

其实椅子不会空着——
时间一直坐着。

坐在椅子上做梦，
梦见椅子被搬走。

2023.10.26

找不到做梦的证据

我想告诉你一件事，
太阳不见了。

我还想告诉你一件事，
月亮也不见了。

在找到真相之前，
我要先找到天空。

天已塌陷下来，
森林变成沙漠。

这是我昨晚做的梦——
但找不到做梦的证据。

2023.10.26

风吹着遗忘的树叶

天空为我预订一场雨，
但我不在意它什么时候下。

风吹着被遗忘的树叶，
阳光令我眩目。

天空之镜，鱼肚白——
陨落的星辰令我惊诧。

缄默的湖，湖边的树林，
鸟巢，蛛网，风幡。

飞禽走兽，幸存者的处境，
我都会容忍。

2023.10.27

丛莽被荆棘照亮

鸟飞走了，
天际一片空寂。

风的织体，藏在
雨雪里。

丛莽被荆棘照亮，
这无尽之痛。

向树屈服，夜晚中
最后的面影。

万事皆虚无，
和日月一起沉落。

2023.10.30

隐忍负重的往生

去拉萨，
飞机在万米高空轰鸣。

机舱内弥散薄荷味，
内心的祈祷降临。

山脉闪着微光，
雪山把天堂的秘密揭开。

潜行者，隐忍负重的往生——
“悲欣交集。”

神灵的居所，会有
更多的太阳雨落在身上。

2023.10.31

找一个醒着的理由

“是朋友给我喝了杯咖啡。”
找一个醒着的理由。

感觉有猫的撕心声袭来——
仿佛夜晚被“切割”。

“我爱的人走了”，躺在他乡的床上，
我害怕自己也会死去。

天终于亮了，东方吐出
鱼肚白。

——鱼鳞般的天空，倒影在
江南秋池里。

2023.11.2

大地耗尽仁慈

“还想谈论什么？”
每句话都张着嘴。

生前穿着蝉衣，
悲恸地呼吸。

牛羊在河边吃草，
大地耗尽仁慈。

树被砍，风不见了——
鸟兽也不见了。

为什么要虚构海？
日月生辉，万物在场。

2023.11.8

不及鸟兽的踪影

立冬日，风雨交加，
气温骤然变冷。

不及鸟兽的踪影——
银杏果纷纷落地。

“谁也没有选择。”
和树有着相同的命运。

同情，怜悯，只剩下
“轮回”和“不确定”。

两个背着书包的孩子
从树下匆匆走过。

2023.11.10

如果石头变成鸟

在山顶，将手里的石头
扔出去——

天空有了重量，
石头挣扎着往下落。

总有片刻，像石头处在
恍惚中。

如果石头
变成鸟，该多好。

风，终于让石头
开口说话。

2023.11.12

光影也会腐烂

冬天空气湿冷，
心生寒意。

石头沉睡太久，
井水由冷变暖。

狂风被树枝勾住，
梯子突然倒地。

凭什么还要相信，
光影也会腐烂？

惊心的往事，
都会被渐渐遗忘。

2023.11.15

给了我活着的时间

条案上的那盆罗汉竹，
因缺水而枯萎了。

竹叶由绿变黄，
不经意间掉下几片。

但我仍给罗汉竹浇水，
“它还活着。”

一天又一天，
竹根处的苔藓由黄变绿。

是罗汉竹和苔藓，再次给了我
活着的时间。

2023.11.21

我都不愿属于自己

从山脚下
捡起一块石头上山。

自在的，是草木、鸟兽，
风和溪水。还有

蛛网，蛛网上的露珠，
像日月的眼神。

“我都不愿属于自己了。”
像树上众生的野果。

在山顶将石头抛出去——
人生就有了牵挂。

2023.11.27

不设防的夜晚

听见风铃声，
想起亲人，想起了别离。

月亮窥探树上的鸟巢，
心象如光影——

树上和地上的银杏叶，
月色如此本真。

人生经历怎样的境遇？
已知，或未知。

不设防的
夜晚，和云台禅寺有关。

2023.11.28

天际露出鱼肚白

凌晨五时，我独自走在
汾湖穿堤。

“风从身后抱住我。”
我满身都是江南水墨。

天际露出鱼肚白，
湖光水色芦花般恍惚。

天籁，地籁，人籁——
有我感知的众生。

不远处传来白鹭声，
我放慢了脚步。

2023.11.29

看着这惊心的一幕

汾湖边，六只塑料盆
摆成龟形状。

盆里有水，水里有被放生的
鱼，泥鳅，龟，甲鱼。

“甲鱼咬住泥鳅了。”
“泥鳅的颈部渗出血丝。”

一番挣扎，泥鳅终于
死里逃生。

一群夜宿云台禅寺的诗人，
看着这惊心的一幕。

2023.12.4

祈祷这个冬天安然度过

汾湖边那棵千年银杏树，
金黄的叶子终于落尽。

零星的银杏果，
空寂在灰褐色的树枝上。

树上鸟迹稀少——
“父亲已离开我三年。”

道途暗藏着怎样的宿命？
人如草木，人非草木。

天气忽冷忽热，
祈祷这个冬天安然度过。

2023.12.9

辑九　我终于找到了自己

是汾湖让我如此安然

我想飞，像芦苇荡里的
灰椋鸟，白鹭。

看到湖里的鱼虾，
水蜘蛛，我不再孤独。

自在，像我坐在湖边，
把双脚伸进水里。

我扯着嗓子喊——
突然间，四周变得安静。

是汾湖让我如此安然，
就此别过。

2023.12.10

雨，还在下

“这雨会不会停？”
似乎这雨下在我的疑问里。

也许是我有了错觉，
除了雨，天空什么也没有。

我想我应该离开，
但我不知道还能去哪里。

堵车，路两边是
一堵堵破败不堪的墙。

但谁都想把它们推倒——
雨，还在下。

2023.12.11

长大后，很多时候

我曾经教外孙女学画，
她没听我，用黑笔在白纸上

画了一个太阳。
想想她也对，就当它是

黑夜里的太阳——
“它不可见，却存在。”

她带来的太阳，在我
祈祷中升起。

长大后，很多时候，
我们就这样故伎重演。

2023.12.12

变得像自己的宠物

几乎没人相信新生代
在某种魔法下，改变自己。

也悄然改变了周围的世界——
“不想替别人活着。”

仿佛在他们的眼里除了自己，
一切都变得无足轻重。

“变得像自己的宠物。”
被时间喂养。

可能还要很多年，这样或
那样，但不会放弃。

2023.12.14

她梦想某一天……

离开酒吧的时候，她决定
做一名皈依者。

她在自己的意识里散步——
在雾里，或在雨中。

她极少出门，若是
想谁了，就打开自己的相册。

但她还是渴望有人听她
倾诉，她想“解脱”。

她梦想某一天能找到
走失的自己。

2023.12.14

有些事注定要发生

仿佛到了那个年纪，
常常会忘记刚才发生的事。

还时常哼唱那些老歌，沉浸在
对过去的回忆里。

顺手将一条京巴狗牵在手里，
有足够的时间陪伴它。

有些事注定要发生——
口袋里有水杯、药瓶、电话本。

“你的一切都被记录下来。”
这似乎就是结果。

2023.12.15

有时她也像我一样

她的突然出现
让我想起她，另一个她。

周遭的三年，她和我一样
都幸存了下来。

她的举止，常常
以自怜方式显得不经意。

她有时像我一样去小酒馆，
揣摩酒杯上的指纹。

有时她也像我一样
先知而后觉。

2023.12.16

下雪天看不到太阳

迎着暴风雪，我和她
走在雪地上。

“太阳黑子随太阳表面一起
旋转。”她告诉我。

“下雪天看不到太阳。”
“你是太阳，我是太阳黑子。”

感觉她越说越“离谱”，
她却不以为然。

我和她走在雪地上，
白茫茫的大地被我们踩醒。

2023.12.17

我们像两只寄居蟹

她来看我，还提着一大包沙，
盐质的沙带着海腥味。

她在地板上倒了很多水，
试图用沙来围堵。

就像三个月前
我和她悄悄去了普陀山——

我们像两只寄居蟹
出没在百步沙的海滩上。

她的到来，让我重新找到了
沙漏的感觉。

2023.12.18

她幻想有一场雪

天空大雪纷飞，
这是她表达欲望的夜晚。

“到了靠自信而活的年龄。”
她借助幻想获得自信。

于是她幻想一场雪，
哥特式的屋顶白雪皑皑。

她抓一把雪往脸上搓——
让一种冷重新铭心刻骨。

白茫茫的天空
透视着她内心的归途。

2023.12.20

“超我”的天性

她和他接吻，他
兴奋不已，脸涨得通红。

她踮起脚尖，喘着气，
而他突然想咳嗽。

月光，让她
和他的身影婆娑。

“这是一次邂逅。”但没有
一点虚情。

她和他都是演员，
都有着“超我”的天性。

2023.12.24

像我脸上的泪水

风停了，
月亮胆怯地钻出云层。

不停地对着玻璃窗哈气，
然后用冻僵的手指

在水雾的窗玻璃上
写下父亲的名字：张正杨。

湿漉漉的名字上布满
小水珠，像我脸上的泪水。

四年前的平安夜，
在医院，我陪父亲度过。

2023.12.25

仿佛命运就在沙滩上

在三亚龙栖湾，远处的
海水，是淡蓝色的。

眼前的那个孤岛
被海水泡着，像艘快沉没的船。

别问我这孤岛叫什么，
我不想知道答案。

“仿佛命运就在沙滩上。”
我抓起一把沙撒向了大海。

就像那个在沙滩上唱歌的女孩，
几只海鸟也飞了过来——

2023.12.25

我因你而活着

“小区里有那么多坐轮椅的人。
“我们都老了。

“让我推着你的轮椅。
“我找到了那个可依恋的人。

“和你待在一起。
“我像和孩子待在一起。

“我们在一起多久了?
“十年，二十年……难以置信。

“我会永远跟你在一起。
“我因你而活着。”

2023.12.26

不可见的光环

他憨厚地跟我
说："我们终于见面了。"

他跟我说话时，皮笑
肉也在笑。

我能想象他伏案
在一堆文字中呼吸的神情。

他是新生儿、失踪者，
抑或文字的囚徒。

埋首在文字里，不可见的
光环戴在他的额头。

2023.12.28

我终于找到自己

雪停了，眼前是白茫茫一片，
麻雀在不远处等我。

它们的饥饿，也是我的
饥饿，孤独也是。

看着身后深深浅浅的脚印，
我终于找到自己。

起风了，过往的
时光，像风离我而去。

片刻的安然挂在树枝上，
这心头的闪念。

2023.12.29

不知道该如何躺下

从三亚飞上海，女儿给我们
买了头等商务舱。

“妈妈没坐过商务舱吧，
她辛苦一辈子，也该享受享受。”

女儿在电话里叮嘱：“VIP 候机室
有免费的餐饮和水果。”

豪华商务舱宽敞、私密，
动态灯光把我们带进了梦境。

坐在舒适的座椅上，我们
不知道该如何躺下——

2024.1.4

融化的雪水流入汾湖

汾湖两岸白雪皑皑，
白鹭不见了，湖安然——

云台禅寺银装素裹，
银杏树上的鹊巢被雪加持。

走在汾湖穿堤上，
我想着脚下的雪何时融化。

我还想着，融化的雪水流入汾湖，
鱼虾有了快乐。

想着，想着，我和自己
撞了个满怀。

2024.1.5

像一块白布掉了下来

午后去梅园浴室洗澡，
然后做养生保健，也就是推拿。

躺在床上，我闭上眼，
技师用一块白布盖在我身上。

想起三年前父亲去世后我给他擦干身子，
也是用一块白布盖在他身上。

身体不停地颤抖，我睁开眼——
“你怎么了，身体不舒服？”技师问我。

“没什么。”我又闭上眼，
感觉天花板像一块白布掉了下来。

2024.1.9

我终于看见未来

戴上眼罩，他
摸索着起床穿衣，去洗漱间

刷牙、洗脸。他在镜子前
梳头、刮胡子。

他还拄着盲杖
下楼，一个人走在盲道上。

“我终于看见了未来。”
夜幕下，他眼里涌出黑暗的泪水。

在他被堆石绊倒发出尖叫的
瞬间，眼罩落地——

2024.1.23

船会在我的锁骨上抛锚

我的血液里有一艘船，
虽然看不到，但能感觉到。

船沿着我的动脉行驶到天涯，
顺着静脉回到心脏。

遇到大风大浪，
船会在我的锁骨上抛锚——

但更多时候，船停泊在
我的肾，或肝脏。

血染的船驶进
我的浩瀚而蓝色的海里。

2024.1.25

后记

把诗歌作为生命的一种可能

海德格尔曾说："诗人的天职就是还乡。"这里的"还乡"应该是诗人对自己心灵故乡的确认，是一个诗人的精神原乡。三十多年来，特别是人到中年，故乡已成为我反复书写的主题，而这一主题涉及亲情、生死、情爱等精神元素。对故乡不同寻常的感受和记忆，让我从中获取了更多的诗歌创作素材。

1985年8月，大学毕业后我被分配到嘉善工作，2023年5月退休。在这三十八年的工作时间里，我经历了六个工作单位，岗位虽然不断变动，但我的诗歌写作从未中断过。到了2009年8月，我从工作了二十三年的法院被调到卫生局工作，工作岗位的骤然改变，在生存的层面上，让我意识到自己随时面临着生命的"另一种状态"，而2011年之后工作单位的多次变动，对我而言，只是这"另一种状态"的延续，我终于成了自己心灵的异乡人。我开始在心里"反对"自己，要想在这"另一种状态"下活得"更好"，得学会向命运让步或者绕道。后来父亲在2020年6月离开尘世，我终于明白那"另一种状态"，只是这个时代身上众多伤口中一个小小的伤口而已，但我需要“止痛片”和“纱布”，去缓解伤口的疼痛。在这段时间里，我写了很多和生死有关的诗歌，我不知道这和我在卫生局工作的两年是否存在着某种宿命的关联。什么样的生命才有价值、才有意义，有多少人会去倾听大地万物卑微的声音？还有多少人会去关注自己内心深处的低语？什么才是我们发自内心的真诚和善良？

一位诗友曾对我说：“中年写作，对自身的敏感随着身体机能的逐渐弱化而变得越来越强烈，关注自我的作品开始增多，这种关注融合了体察、判断以及操控中的情绪变化等，外界、外象不再是叙述主体，仅仅作为契机来触发、唤醒个人意识。”我也深有同感。我写诗就是抓住了这些契机和意识，而这些契机和意识又给我带来写诗的灵感。十多年来，我养成了早睡早起的习惯，一般每天晚上十时入睡，早上五时醒来，然后就开始阅读写作，我写诗的习惯是将诗写在笔记本上，我觉得这种原始的写作方式更能接近或抵达自己的心灵。一首诗写完后我就将诗打印出来，然后对诗作一次次修改，直到满意为止。一般一首诗从完成初稿到定稿需要五六次的修改，甚至更多。我一直觉得好诗都是修改出来的。

写诗三十多年，我一直遵从于自己内心的召唤，拒绝不符合自己的写作态度，因为我一直对自己的诗歌创作保持着清醒的认知。我认为好诗的标准必须具备这些特征：语言干净、结构新颖、表现力独特，也就是善于想象和联想，善于隐喻和提炼，努力使诗歌具有高远的情怀和饱满的内涵。在我看来，一首好诗要有对个体生命意义、命运符码和现实反思的独特感受，用诗性哲学的语言，简单、朴素，透过文字体验到诗人内心世界的苍凉和光芒。

这几天 / 蝉声不绝于耳。/ 蝉这么小，像树疤 / 它们的声音却那么大。// 都这么心事重重——/ 它们忍不住 / 而我们早已习惯了 / 沉默。(《蝉声》)

晚饭后下楼 / 我看见了父亲的背影。/ 楼梯刚被人清扫过 / 没留下任何脚印。// 到了楼下 / 我又看见父亲的背影——/ 背影是白的 / 只有我才能看见。(《父亲的背影》)

已过处暑 / 天气还是这么热 / 热得让我闭上眼睛 / 半醒着——// 半醒着，可以想起很多人 / 记得很多事。/ 半醒的年代，那些活下来的人 / 看到了白夜。(《半醒着》)

这是我最近几天写的三首短诗，也许这些诗歌能说明我目前退休后的生活现状。我相信诗歌会继续带给我更多的生命支撑和人生快乐，同时也能让我相信把诗歌作为生命的一种可能。

张敏华

2024 年 8 月 29 日于嘉善